for you

사랑하는 ______________________________

마음을 꾹꾹 눌러 담아 ______________________________

너의 모든
순간을 사랑해

Love Diary

너의 모든
순간을 사랑해

Love Diary

배성태 그리고 ______________________ 지음

for you
01

너를 처음 본 순간, 그날을 선명히 기억하고 있어.

그 순간의 공기까지도 말이야.

정말, 시간이 멈춘 것 같았지.

내가 너를 처음 본 날은…….

그리고 그날의 네 모습은…….

for you
02

너를 처음 봤을 때,
나는 이런 생각을 했던 것 같아.

☐ 사실…… 별 생각이 없었어.
☐ 재 되게 근사하네, 라고 생각했어.
☐ 어? 재는 누구지? 처음 보는 앤데?

혹은…… 이런 생각을 했어.

for you
03

이어폰을 나눠 끼고 함께 듣지 않을래?

너와 함께 듣고 싶은

나의 플레이리스트!

for you
04

너를 향한 내 마음과 꼭 닮은

노래의 가사는?

for you
05

네가 내게 한 말 중에 잊지 못하는 말이 있어.

그 말 들은 날, 나 잠도 못 잤잖아!

그 말이 뭐였냐면…….

“

”

두근두근

for you
06

폴라로이드로 간직해두고 싶은 순간들이 있어.

- [ ] 너와 함께 처음으로 밥을 먹은 순간
- [ ] 너의 모습을 처음으로 빤히 봤던 순간
- [ ] 네가 처음으로 내 이름을 불러줬던 순간
- [ ] 네가 나와 눈을 마주치고 웃던 순간

그리고 또…….

용기
LAMY

for you
07

오늘은 왠지

너에게 손편지를 써보고 싶어.

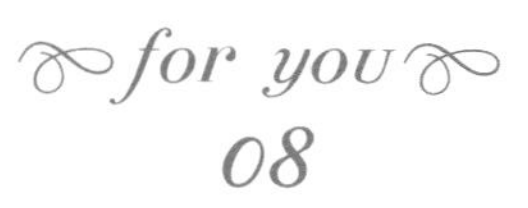

너와 함께 여행 가보고 싶은 곳이 있어.

- [ ] 야생동물들을 가까이에서 볼 수 있는 사파리
- [ ] 하늘의 별이 쏟아질 것 같은 사막
- [ ] 자연경관이 압도적인 국립공원
- [ ] 고대의 유물이 가득한 유적지
- [ ] 시끌벅적 배낭여행자들이 가득한 거리

여기가 아니라면, 이런 곳은 어때?

for you
09

너와 함께라면 즐거운 일투성이일 것 같아!

자, 들어봐.

- ☐ 길고양이 밥 주기
- ☐ 노래방에서 듀엣으로 노래하기
- ☐ 공원에서 같이 자전거 타기
- ☐ 인기 많은 맛집에 줄 서보기
- ☐ 놀이공원에서 하루 종일 놀기

그리고 또 너와 하고 싶은 일은…….

for you 10

함께 걸을래?

이런 날……

이런 곳을……

손 빼고 싶으면
빼.
음… 빼지
마세요, 이거네?
네, 맞아요,
빼지 마세요.
ㅋㅋㅋ

for you
11

너와 속도를 맞출게.

빠르면 빠른 대로, 느리면 느린 대로…….

너는 그냥, 네 속도로 움직이면 돼.

나만 믿고 말이야.

for you
12

널 꼭 안아주고 싶은 순간이 있어.

- ☐ 네가 우울해 보일 때
- ☐ 네가 힘들어 보일 때
- ☐ 네가 기뻐 보일 때
- ☐ 네가 나를 보고 웃을 때

또는…… 이런 순간.

for you
13

너의 꿈은 뭐야?

나의 꿈은…… 바로 이거야.

grim

for you
14

첫눈이 내리면 좋겠다.

그날, 난 너에게 이렇게 고백하고 싶어.

"

"

*우리 둘을 떠올리며 색을 칠해보았어.

for you
15

너와 밤새도록 이야기를 나누고 싶어.

나의 지난 시간, 나의 현재, 내가 그리고 있는 미래까지…….
너에게라면 모두 다 이야기할 수 있을 것만 같아.

너에게 하고 싶은 내 이야기를 한번 들어볼래?

“

”

for you
16

오늘 밤 갑자기 너에게 하고 싶은 말이 생겼어.
너는 지금 자고 있을 테니 편지로 쓸게.
좋아한다고, 늘 보고 싶다고.
또…….

넌 나한테 하고 싶은 말,
없어?

for you 17

내가 가장 좋아하는 너의 표정이 뭔지 알고 있어?

☐ 네가 웃는 표정

☐ 무언가 골똘히 생각하느라 찡그리는 표정

☐ 딴생각할 때 나오는 멍한 표정

☐ 수줍은 듯 살짝 고개를 숙이며 미소 짓는 표정

☐ 어딘가에 열중하느라 넋이 나간 표정

아니면 이런 표정의 너도 근사하지.

grim
너는
펜 들고 고민할 때가
제일 멋있더라.
쳐다보지 마.
너 때문에 아무
생각이 안 나잖아.
부끄러워요

for you 18

네 눈에 내가 어떻게 보이는지 너무 궁금해.
나는 너에게 어떤 사람이야?

혹시 이런 모습일까?

Z Z Z Z Z

for you
19

네 생각이 유독 많이 나는 날이면,
가끔은 그냥 이렇게 편지를 쓰는 거야.

for you
20

우리가 처음으로 나눈 대화가 뭐였지?
혹시 너도 기억하고 있어?

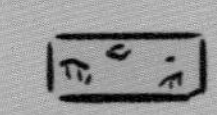
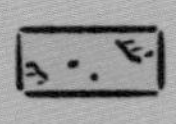

for you
21

이번 크리스마스는……

너와 함께 이런 추억을 쌓고 싶어.

for you
22

난 너에게 이런 크리스마스 선물을 주고 싶어.

- [ ] 직접 짠 스웨터와 목도리
- [ ] 내년을 위한 다이어리와 달력
- [ ] 널 향한 내 마음처럼 달콤한 초콜릿
- [ ] 반짝반짝 화려한 액세서리
- [ ] 널 위로해줄 좋은 말들이 가득한 책
- [ ] 직접 쓴 편지

그리고 또…….

for you
23

행운의 마스코트 같은 게 있어?

너를 알게 된 후, 자꾸만 내게 좋은 일이 생기는 것 같아.
아무래도 네가 내 행운의 마스코트인가 봐.

아니면…… 너 혹시 요정이야?
내 행운의 요정……?

for you
24

주말에는 잠자는 게 최고라고 생각했는데,
요즘은 너와 같이 하고 싶은 일들이 자꾸 생겨.

- [ ] 같이 영화 보기
- [ ] 같이 산책하기
- [ ] 같이 운동하기
- [ ] 같이 근교로 여행 떠나기
- [ ] 같이 맛집 투어하기

그리고 또 너와 하고 싶은 일은 말이야…….

for you 25

나는 너에게 주고 싶은 게 너무나 많아.

- [ ] 기분을 좋게 해줄 달콤한 과자들
- [ ] 너한테 어울릴 것 같은 만년필
- [ ] 내가 직접 만든 도시락
- [ ] 보자마자 네가 생각난 티셔츠
- [ ] 너와 같이 듣고 싶은 음악 CD

그리고 또…….

....

....

....

대 피 소
뭐 해?

for you
26

기다리는 시간이 이렇게 설레고 기분 좋은 일이라는 걸,
나는 너를 만나고서야 알게 되었어.

네가 ______________ (분 / 시간)을 늦어도 기다릴게.

for you
27

네가 나를 이런 애칭으로 불러줬으면 좋겠어.

실은 말야……

나는 너를 이렇게 부르고 싶어.

for you 28

나는 이런 사람이야.

내가 아는 너는 이런 모습이고…….

내가 모르는 것들은 네가 알려줬으면 좋겠어.

오늘 날씨 좋다.
NEW YORK

for you
29

내가 하루 중 널 생각하기 시작하는 순간은?

오늘 아침엔 무슨 생각을 했느냐면 말이야…….

for you
30

내가 꿈꾸는 가장 완벽한 데이트 플랜을 공개할게!

계절: ....

시간: ....

장소: ....

무엇을: ....

어떻게: ....

손잡아도 되죠?
잡고 나서
물어보는 게 어딨어요.
grim

for you
31

그리고
너의 손을 꼭 잡고 걷고 싶어.

* 말풍선을 채워보세요.

for you
32

함께 맛있는 걸 먹자.

나는 이런 음식을 좋아해.

너는 이런 음식을 좋아하려나?

* 말풍선을 채워보세요.

for you

33

같이 먹는다면 뭘 먹어도 맛있을 거야.

입에 좀 묻히면 어때.

내가 닦아주면 되지.

for you

34

너와 함께 벚꽃 길을 걷고 싶어.

내가 아는 벚꽃이 예쁜 길들이 있거든.

그곳을 함께 손잡고 걷는 거야.

for you
35

벚꽃 구경 말고도, 봄이 되면 하고 싶은 게 너무나 많아.

- [ ] 전망 좋은 카페에서 너와 수다 떨기
- [ ] 도시락 싸서 볕 좋은 곳으로 놀러가기
- [ ] 모르는 동네의 골목 구석구석 산책하기
- [ ] 놀이공원에서 스릴 만점 놀이기구 타기
- [ ] 야경이 멋진 곳에서 야간 데이트하기

그리고 또…….

for you
36

함께 떨어지는 벚꽃 잎을 잡아보자.
그걸 잡으면…… 첫사랑이 이뤄진다고 하니까.

봄은, 사랑하기 딱 좋은 계절이잖아.

for you
37

비 오는 날엔 ....

눈 오는 날엔 ....

맑은 날엔 ....

나는……

너와 함께하는 모든 날씨가 다 좋아.

for you
38

너와 함께 보고 싶은 영화가 있어.

for you
39

영화 볼 때 주로 어떤 간식을 먹어?

오리지널 팝콘? 캐러멜 팝콘? 치즈 팝콘? 아니면 오징어?

나는 뭘 좋아하냐면…….

저기요, 여긴
웃긴 부분인데요…?
힝… 너무
감동적이야.
HA HA HA HA

for you
40

영화를 고를 때면
이 영화가 얼마나 재미있을지보다는
네가 이 영화를 좋아할까, 안 좋아할까
그것만 고민하게 됐어.

언제나 너와 함께 볼 영화니까.

for you
41

자기 목소리는 자기가 모른다고 하잖아.
너한테도 들려주고 싶어, 네 목소리.

그러면 너도
네 목소리가 얼마나 좋은지 알 수 있을 텐데.

나에게 들리는 네 목소리는 마치 이런 느낌이야.

- [ ] 잠이 올 것 같은 포근한 느낌
- [ ] 막대사탕처럼 달달한 느낌
- [ ] 약간 허스키하지만 매력 만점인 느낌
- [ ] 아이처럼 귀엽고 사랑스러운 느낌
- [ ] 언제 들어도 기분 좋아지게 씩씩한 느낌
- [ ] 우렁차서 의지하고 싶은 느낌

for you
42

네 꿈을 꾼 적이 있어.
어떤 내용이었냐면 말이야…….

for you

43

너를 만난 후, 내 버킷리스트는 조금 바뀌었어.

쌀국수가 나오면 국물 맛을 한번 보고

입맛에 따라 마늘과 칠리소스를 넣고

라임을 쭉 짜고 숙주와 향채를 팍팍 넣으면

얼~마나 맛있게요?

for you
44

너에게만 말해주는 건데……

사실 나한테는 특별 레시피가 있어.

내가 만들어줄까?

한 번에 한 가지 일만 해보세요. 한 번에 여러 가지 일을 하게 되면…
뇌 효율이 70퍼센트로 떨어지게 됩니다. 한 가지 일만 하기. 실천해보세요.
나 멀티 잘하는데
자신이 할 일을 직접 소리내어 말하면…
한 가지 일에 집중하기 쉽다고 합니다. 직접 해보세요.
넌 못하고ㅋㅋ 하나만 잘하지. ㅋㅋㅋ
숲속~ 큰집
나는 무를 썬다.
한 가지 일…
왜…?
나는 너에게 뽀뽀를 한다. (한 가지 일!)
나는 피하면서 텔레비전을 본다. (멀티 가능!)
해 주라~
TV 볼 거야~

for you
45

한 번에 한 가지 일만 하면,
더 집중하기 쉽대.

그리고 그 일을 직접 소리 내어 말해야 된다네?

내가 지금 하고 싶은 일은 말이지…….

for you
46

너의 반전 매력을 발견했어!
난 네가 이런 것까지 멋있을 줄은 상상도 못 했는데 말이야.

내가 찾은 너만의 매력 포인트가 뭐냐면…….

머리카락 자른 거
볼수록 예쁘네.
단발 좋아했나?
그냥 네가
한 건 다 좋아져.
grim

for you

47

나는 그냥

너의 모든 것이 좋은 거야.

사람들이 나만
보는 것 같아서 부끄러워.
내리고 싶다…
네가 주인공이라 그래.
신경쓰지 말고 남자
주인공에게만 집중해.
grim

for you 48

너를 알고 나서 처음 해보는 일들이 생겼어.

- [ ] 사랑이 듬뿍 담긴 편지 쓰기
- [ ] 한 사람만을 위한 요리하기
- [ ] 너만을 위한 핸드메이드 소품 만들기
- [ ] 네가 좋아하는 것들을 따라해보기

그리고 또…… 이런 것들도 처음이야.

for you

49

누군가를 이렇게 좋아하게 된 것도,
처음이야.

for you
50

상대방이 100퍼센트 넘어오게 하는 고백법이 있대.

인터넷에 많이 떠돌고 있는 그런 말들을 밤새 찾아봤어.

너에게만 들려주고 싶은 사랑에 관련된 말들도 찾아봤어.
조금은 손발이 오그라들지만, 이런 말들이 있더라고.

부끄럽지만 내가 하고 싶은 말도 사실은 비슷해.

뭐야, 편지네?
grim

for you
51

너를 위해서라면
세상에서 가장 어려운 일도 할 수 있을 것만 같아.

용기를 내는 일, 그게 가장 어려운 게 아닐까.
그래서 지금 나는 용기를 내보려고 해.

사실 나는 말이야, 널 정말 많이 좋아해.

for you
52

내가 생각하는 너는 이런 사람이야.

어때, 내 말이 맞아?

아, 따뜻해.
이렇게 버스 기다리는
시간도 좋다.
네가 옆에 있으면
이런 시간도 특별해져.
grim

for you

53

사람은 자신을 행복하다고 느끼게 해주는 사람을 만나는 게 제일 좋대.

내가 꼭 널 행복하게 해줄게.

음~ 고르기 어렵다…
뭐 먹지?
짜장면 어때?
음…
짜장면…?

for you
54

널 좋아하게 된 이후로,

단지 네가 좋아한다는 이유만으로

좋아지게 된 것들이 이렇게나 많아.

for you
55
너를 생각할 때면 떠오르는 단어들이 있어.
내가 한번 모래사장에 써볼게.

for you

56

가끔 너와 나를 떠올리면, 난 내가 영화 속 주인공이 된 것만 같아.

영화의 장르는 .... 야.

너와 내가 주인공인 영화의 내용이 뭔 줄 알아?

for you

57

우리가 주인공인 영화에서

이런 장면들이 빠지면 절대 안 되지!

for you
58
이 하트에 오늘 내 마음의 색을 칠할게.

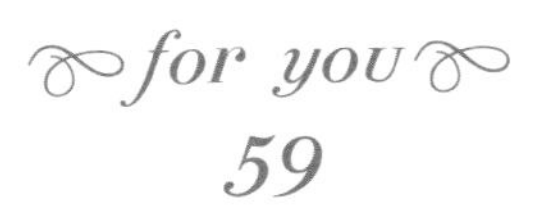

물론 너를 향한 내 마음은 항상 이런 색이야.

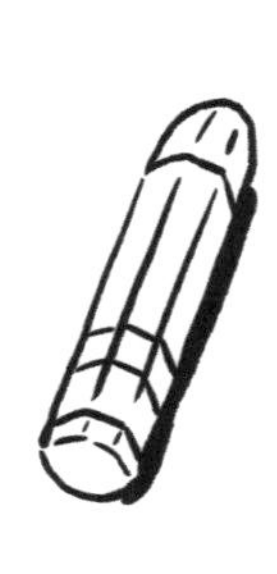

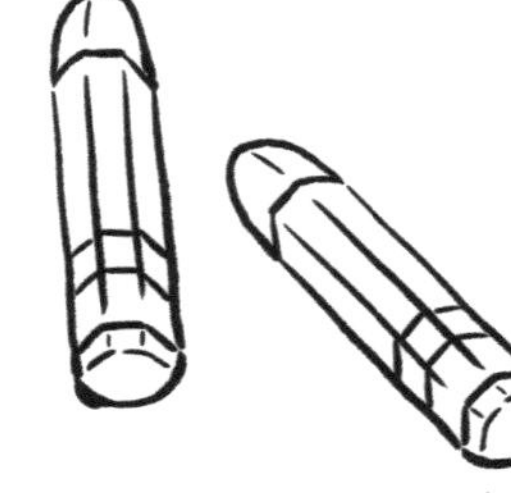

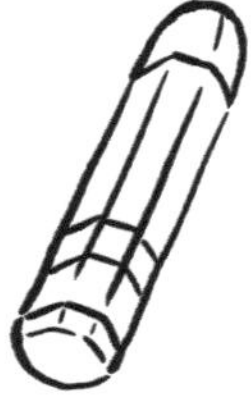

for you *60*

너를 만난 후 나는 이렇게 변했어.

☐ 더 자신감 넘치는 태도
☐ 누가 봐도 사랑에 빠진 것 같은 표정
☐ 너에게 더 멋있어 보이기 위해 뭐든 더 노력하는 자세

그리고 또…….

for you
61

너에게 이런 깜짝 이벤트를 해주고 싶어.

이벤트의 장소: ____________________

이벤트의 내용: ____________________

____

____

____

____

아, 깜짝 이벤트라면서 내가 다 말해버렸네?!

눈 감아.

for you

62

고맙고 좋아하는 마음,
이건 널 향한 내 진심이야.

for you
63

나는 너에 대해 궁금한 게 아주 많아.
그중에서도 가장 궁금한 건…….

for you
64

아무에게도 보여주고 싶지 않은 모습이라도

나에게는 보여주면 안 될까?

나는 그 모습까지 좋아할 수 있을 것 같은데.

이렇게 별이 많은
밤은 처음 봐.
나도. 우리가
사랑하는 마음만큼
뜬 것 같아.

for you
65

밤하늘을 올려다볼 때면,
별보다도 네 생각이 먼저 나.

이 바람, 이 공기를 너와 함께 느끼면 좋겠다.
저 별을 함께 바라보면 좋겠다.

그리고 또 이런 생각도 들어.

for you 66

널 좋아하게 되고,

시간이 ______________ 이나 흘렀어.

for you
67

그런데 신기하게도 내 마음은 똑같아.

for you 68

매일 아침, 잠에서 깨면
가장 먼저 네 생각을 해.

넌 지금쯤 일어났을까?
아침밥은 먹었을까?

그리고 또 이런 생각들을 하지.

카메라랑 돗자리,
깔개, 그늘막, 베개, 물티슈,
김밥, 맥주, 과자, 필통, 연습장.
...좋아! 빠진 거 없지?
간식을 좀 더
넣어야 할까?

for you
69

우리, 소풍 갈까?

잠깐만 있어봐.

챙겨야 할 게 한두 개가 아닐 것 같아…….

이제 가.
앉을게, 가.
괜찮아,
가~
나
좋아하니?
네가
먼저 가.
앉으면
갈게.
가는거
보고.
그래.

for you
70

연인들이 하는 말에는 모두
'좋아해' '나도'라는 말이 숨어 있는 것 같지 않아?

너를 좋아하게 된 이후로
다른 연인들의 이런 모습들까지
다 부러운 거 있지.

나도 너와 그런 모습이 되고 싶어.

안녕~
아, 뭐야~
봤으면 말을 하지…
왜 빤히 보고만 있어.

for you
71

가끔은 너를 그냥 바라만 보고 싶어.

그냥 바라보는 것만으로도, 난 충분히 설레고 좋을 테니까.

네가 .... 순간에도.

어떨 땐 .... 순간에도.

물론 .... 순간에도.

for you
72

여행 가고 싶은 곳 있어?
나는 너와 함께 가는 곳이라면 어디든 좋아.

음…… 그중에 하나를 콕 집어 말해본다면…….

너,
비 다 맞고 있어.
괜찮아.
grim

for you 73

비 오는 날을 좋아해?

아니면 싫어해?

나는 비 오는 날을

☐ 좋아해.

☐ 싫어해.

그리고, 널 좋아해.

오늘도 얼굴 곳곳에 "널 좋아한다"는
티가 날 듯.
♡체감온도 38°C
미열이 있다고
착각할 수 있으니
마음에 미리
대비하세요.

for you
74

친구들을 만나서 하는 이야기들이
온통 너와 관련된 것들뿐이야.
내가 네 자랑을 얼마나 하는 줄 알아?

1) 네 외모 자랑: ....

....

....

2) 네 성격 자랑: ....

....

....

3) 그밖에도 자랑할 것투성이!: ....

....

....

당분간 너에게 강하게 빠져들듯.
빠른 직진 주의!
내일 예보
♡ 80%
설렘지수 75%
느끼함 50%

for you
75

내가 너에게 느끼는 감정은

사랑의 체감 온도: .... ℃

체감 심장 박동: 1분 .... 회

설렘 지수: .... %

너에게 빠져든 정도: 수심 .... m

for you
76

이제는 조금 알 것 같아.

네가 뭘 좋아하고, 뭘 싫어하는지 말이야.

네가 좋아하는 건 말이야…….

네가 싫어하는 건…….

어때, 내 말이 맞아?

for you

77

네 머릿속이 궁금해.

내 머릿속은 온통 너로 가득한데.

MON
25°C
TUE
27°C
WED
28°C
THU
25°C
FRI
24°C
SAT
22°C
SUN
24°C

for you
78

네 생각이 유독 많이 나는 날이 있어.

- ☐ 햇살이 좋은 날
- ☐ 바람이 선선한 날
- ☐ 구름이 예쁜 날
- ☐ 빗방울이 귀엽게 떨어지는 날

또는 이런 날…….

for you
79

아직도 다 말하지 못한,

너에게 꼭 해주고 싶은 것들 리스트를 적어볼게.

1) ....

2) ....

3) ....

4) ....

5) ....

그리고 너와 꼭 함께하고 싶은 것들 리스트도 말해줄게.

1) ....

2) ....

3) ....

4) ....

5) ....

데리러 와줘서 고마워.
따뜻하니까 좋다.
헤헤
grim

for you
80

네가 지쳐 있을 때,
이런 위로의 말을 건네고 싶어.

“

”

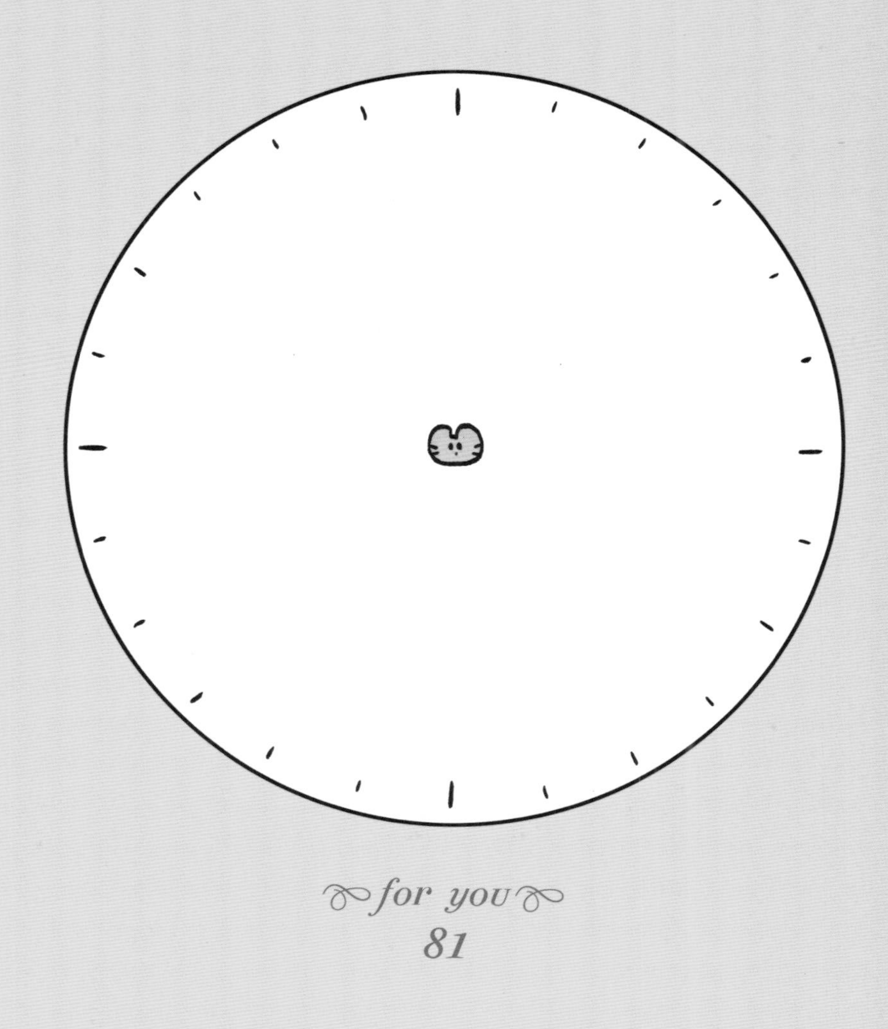

for you

81

너를 알게 된 후, 나의 하루 일과는 조금씩 달라졌어.

*생활 기록표를 만들어볼게!

for you
82

그리고 나는 매일을 더 노력하고 있어.

- [ ] 너에게 더 좋은 사람이 되고 싶어서
- [ ] 너에게 더 당당한 사람이 되고 싶어서
- [ ] 너에게 더 멋진 사람이 되고 싶어서
- [ ] 너에게 더 많은 것들을 해주고 싶어서

내 계획 한번 들어볼래?

MY PLAN ☺

내 마음을 표현할
단어가 없어.
grim

for you
83

너를 좋아하는 내 마음을 표현할 단어가 뭘까,
온종일 고민했어.

뭐라고 불러야 할까?
행복? 그리움? 사랑? 애정?

아무리 생각해도 이 말이 제일 좋을 것 같아.

…나 사실
너 좋아한다?!
알아.
뭐?! 어떻게?!
다~보이잖아.
내가 다 속이 시원하네.

for you

84

오늘, 다시 한번 고백할게.

나는 너를 진심으로 좋아해.

for you
85

너의 생일에 꼭 해주고 싶은 게 있어.

☐ 너와 단둘이 조용하게 생일파티
☐ 친구들을 모아 시끌벅적 생일파티
☐ 너의 가족들과 함께 도란도란 생일파티

선물은 뭐가 좋을까?

이 중에 네가 갖고 싶은 게 있어?

for you
86

낮의 풍경이 좋아?

밤의 풍경이 좋아?

나는 (낮 / 밤 / 둘 다) 좋아.

시시각각 변하는 풍경을 보고 있으면,

이 모든 순간 네가 떠올라.

for you
87

좋아하는 야경 명소가 있어?
내가 좋아하는 야경 명소는 바로 여기야!

같이 갈래?

for you
88

아~ 시간아, 빨리 흘러가라.

너를 다시 만나기 ______ (분 / 시간 / 일) 전!

for you
89

나는 잠이 안 올 때
주로 이런 것들을 해.

그리고 네 생각을 해.
그럼 행복하게 잠들 수 있거든.

잠이 안 와…
……
같이 책 볼까?
글 많은 걸로.
그럼 분명 잠은 오겠지.
그래도 책은 보기 싫어.
음, 알지.
그 마음.
맞아, 맞아.

for you 90

잠이 안 올 땐, 이런 걸 해봐.

- [ ] 한 마리, 두 마리…… 양 세기
- [ ] 가벼운 운동으로 피곤하게 만들기
- [ ] 가볍게 목욕하기
- [ ] 두껍고 지루한 책 읽기

그리고 가끔,
내 생각도 해줄래?

for you 91

주변에서 자꾸 너를 발견하게 돼.
널 닮은 구름, 널 닮은 인형, 널 닮은 연예인…….

그리고 또 너를 떠올리게 하는 건…….

이러니 내내 네 생각만 나는 게 당연하잖아.

for you

92

네 이름으로 삼행시를 지어봤어.

잘 들어봐!

○

○

○

다음 삼행시는 이거야.

사

랑

해

♡1

for you

93

_____________ 동안 내 마음을 차곡차곡 모아놓았어.

내 돼지저금통은 널 향한 마음으로 이미 가득 찼다고!

너는 언제쯤
일어날까…?

for you
94

네 휴대전화에 나는 어떻게 저장되어 있어?
나는 말이야, 이렇게 저장해두었지!

....

이름 뒤에 하트가 .... 개나 붙어 있다고!

조금만 더 왼쪽으로. 그렇지!
미소~ 망고젤리~
자연스럽게 몰래몰래
찍는다며…
여기 말고 네 뒤가
예뻐…
grim

for you
95

사진에는 찍는 사람의 마음이 들어간다잖아.
내 눈으로 찍는 너는 그 어떤 모습도 다 예뻐.

이런 모습까지 말이야!

*내가 찍은 너의 사진을 붙여볼게.

뭐야, 왜 따라 웃어?
네가 웃는 걸 보니까 나도 그냥 웃음이 나왔어.

for you
96

문득문득,

'아, 내가 정말 너를 좋아하는구나'라고 생각한 순간들이 있어.

아이스크림 먹을까?!
지금 11시야, 미쳤어? 내일 백 퍼센트 후회해.

그래서 먹는다고? 안 먹는다고?
당연히 안 먹지!

그래라, 나는 먹는다.
……
결국 봉인의 문을 열었군…

냥~
…한 입만?
안 돼.

for you
97

오늘은 정말 너랑 야식 먹으며
밤새 이야기 나누고 싶다!

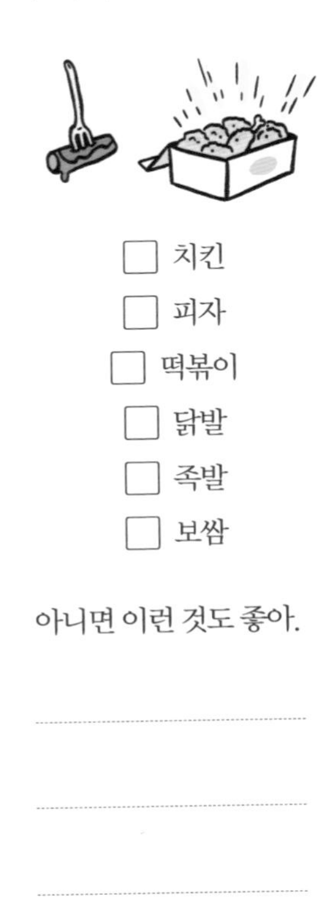

- [ ] 치킨
- [ ] 피자
- [ ] 떡볶이
- [ ] 닭발
- [ ] 족발
- [ ] 보쌈

아니면 이런 것도 좋아.

....

....

....

for you
98

내가 좋아하는 장소는 이런 곳이야.

내가 좋아하는 시간은 이런 때야.

이걸 왜 이야기하느냐고?

너와 함께하고 싶은 순간과 공간이기 때문이지.

for you
99

세상에서 제일 달콤한 프러포즈를 골라볼게.

☐ 「러브 액추얼리」의 스케치북 프러포즈

☐ 「스텝맘」의 반지 프러포즈

☐ 「첫 키스만 50번째」의 동영상 프러포즈

☐ 「웨딩 싱어」의 자작곡 프러포즈

☐ 「빅 피시」의 꽃밭 프러포즈

그 어떤 프러포즈보다 달콤하게
너에게 사랑을 고백하고 싶어.

for you

100

너의 모든 순간을 사랑해.

쟤네 저러다
집까지 따라오겠다.
뭐야, 설레…
그럼 사랑해줄 거야.

배성태
신혼의 달달하고 따뜻한 일상을 일러스트로 기록하며 사랑을 하는 많은 이들의 공감을 얻고 있다.
따뜻한 것이 필요할 때 슬쩍 가져와 덮는 담요 같은 편안하고도 포근한 그림을 그리고 싶다.
지은 책으로는 『구름 껴도 맑음』 『오늘도 네가 좋아』 『나의 빈칸을 채워줄래요?』가 있다.
* 인스타그램 @grim_b

너의 모든
순간을 사랑해

Love Diary

초판 1쇄 발행 2018년 12월 10일 **초판 11쇄 발행** 2023년 1월 20일

지은이 배성태
펴낸이 이승현

출판1 본부장 한수미
라이프 팀장 최유연
디자인 조은덕

펴낸곳 ㈜위즈덤하우스 **출판등록** 2000년 5월 23일 제13-1071호
주소 서울특별시 마포구 양화로 19 합정오피스빌딩 17층
전화 02) 2179-5600 **홈페이지** www.wisdomhouse.co.kr

ISBN 979-11-6220-988-2 03810